图书在版编目（CIP）数据

贝斯和贝拉系列．贝斯和贝拉逛动物园 /（瑞典）蒙斯·哥顿著；（瑞典）阿曼达·埃里克松绘；百舜译．—济南：山东科学技术出版社，2020.1(2020.12 重印）

ISBN 978-7-5331-9787-2

Ⅰ．①贝… Ⅱ．①蒙… ②阿… ③百… Ⅲ．①儿童故事—图画故事—瑞典—现代 Ⅳ．① I532.85

中国版本图书馆 CIP 数据核字（2019）第 050829 号

贝斯和贝拉逛动物园
BEISI HE BEILA GUANG DONGWUYUAN

责任编辑：董小眉　潘　菲
封面设计：孙非羽

主管单位：山东出版传媒股份有限公司
出 版 者：山东科学技术出版社
地址：济南市市中区英雄山路 189 号
邮编：250002　电话：（0531）82098088
网址：www.lkj.com.cn
电子邮件：sdkj@sdcbcm.com
发 行 者：山东科学技术出版社
地址：济南市市中区英雄山路 189 号
邮编：250002　电话：（0531）82098071
印 刷 者：湖北鑫光印务股份有限公司
地址：湖北省云梦经济开发区三湖大道13号
邮编：430070　电话：（0712）4084888

规格：24 开（195 mm × 195 mm）
印张：6.25　**字数：**125 千　**印数：**3001 ~ 6000
版次：2020 年 1 月第 1 版　2020 年 12月第 2 次印刷
定价：100.00 元（全五册）

贝斯和贝拉系列

儿童行为习惯教养绘本

贝斯和贝拉

逛动物园

[瑞典] 蒙斯·哥顿 / 著
[瑞典] 阿曼达·埃里克松 / 绘
百 舜 / 译

山东科学技术出版社

爸爸妈妈带贝斯和贝拉来到动物园。

这里有各种各样的动物，非常有趣。

“看那里！”爸爸说，“长颈鹿向我们问好呢！”
长颈鹿长着长长的脖子，看起来很温顺。

长颈鹿

看完长颈鹿他们去看了狮子，狮子就像一只巨大的猫，发出“啊～啊……”的叫声。

但是当狮子张开大嘴时贝斯和贝拉都觉得有点可怕。

非 洲 狮

比起狮子，贝斯和贝拉还是更喜欢猴子。

瞧，它们正挂在树上玩耍，还时不时地冲贝斯和贝拉做鬼脸呢。

贝斯和贝拉也能做很多鬼脸。

熊宝宝正偎在熊妈妈身边玩耍、休息。贝拉好想把它们带回家，当然，爸爸妈妈是绝对不会同意的。

海豚们正在大池子里游泳，它们跳得可真高呀！

10

贝斯和贝拉也能跳得很高，就像海豚一样。

不知不觉就在动物园玩了一天了，爸爸妈妈拿出了食物，大家准备吃晚餐。

贝拉吃饭的时候掉了一点面包屑，引来了一群小鸟，有两只小鸟竟然还抢走了一块面包。

“小鸟真讨厌！”爸爸说。

贝斯可不这么认为。
他掰了一小块面包托在手心上。
立刻就有一只小鸟飞了过来。
它在贝斯的手上小心翼翼地啄着面包。
“我也要喂小鸟！”贝拉喊道。

可贝拉刚掰开一块面包，一只松鼠就冲上来把面包抢走了。贝斯和贝拉都笑了。

“这只小松鼠可真有趣！”贝拉说。

小鸟和松鼠很快就把面包吃光了。

在回家的路上，爸爸问贝斯和贝拉最喜欢动物园里的什么动物，长颈鹿还是狮子？

贝斯和贝拉都摇摇头。

“我最喜欢小鸟。”贝拉说。

“我觉得小松鼠最有趣。”贝斯说。

图书在版编目（CIP）数据

贝斯和贝拉系列．贝斯和贝拉在公园玩耍 /（瑞典）蒙斯·哥顿著；（瑞典）阿曼达·埃里克松绘；百舜译．—济南：山东科学技术出版社，2020.1（2020.12 重印）
ISBN 978-7-5331-9787-2

Ⅰ．①贝…　Ⅱ．①蒙…　②阿…　③百…　Ⅲ．①儿童故事—图画故事—瑞典—现代　Ⅳ．① I532.85

中国版本图书馆 CIP 数据核字（2019）第 050831 号

贝斯和贝拉在公园玩耍

BEISI HE BEILA ZAI GONGYUAN WANSHUA

责任编辑：董小眉　潘　菲
封面设计：孙非羽

主管单位：山东出版传媒股份有限公司
出 版 者：山东科学技术出版社
地址：济南市市中区英雄山路 189 号
邮编：250002　电话：（0531）82098088
网址：www.lkj.com.cn
电子邮件：sdkj@sdcbcm.com
发 行 者：山东科学技术出版社
地址：济南市市中区英雄山路 189 号
邮编：250002　电话：（0531）82098071
印 刷 者：湖北鑫光印务股份有限公司
地址：湖北省云梦经济开发区三湖大道13号
邮编：430070　　电话：（0712）4084888

规格： 24 开（195 mm × 195 mm）
印张： 6.25　　**字数：** 125 千　　**印数：** 3001 ~ 6000
版次： 2020 年 1 月第 1 版　　2020 年 12月第 2 次印刷
定价： 100.00 元（全五册）

贝斯和贝拉系列

儿童行为习惯教养绘本

贝斯和贝拉

在公园玩耍

[瑞典] 蒙斯·哥顿 / 著

[瑞典] 阿曼达·埃里克松 / 绘

百 舜 / 译

山东科学技术出版社

爸爸带贝斯和贝拉来小公园玩。

太棒了！

贝拉很想去荡秋千。

“不！”贝斯说，“我不想荡秋千，太无聊了！”

但爸爸还是带他们到了玩秋千的地方。
他把贝拉放到了小秋千上。

贝拉荡秋千的时候，
贝斯在一旁看着。

光看不玩好无聊，于是，贝斯也爬上了一个大一点的秋千。

贝斯把秋千越荡越高。
原来，秋千真的很好玩！

过了一会儿，贝斯又想去玩滑梯了。

“不！”贝拉尖叫着，“滑梯一点都不好玩！”

但是贝斯还是去了最大的滑梯。
贝拉看着贝斯从滑梯上快速地滑了下来。

光看不玩实在很无聊。

于是，爸爸把贝拉举起来放在了小一点的滑梯上。

贝拉滑下来的时候爸爸就在滑梯的尽头稳稳地接住了她。

滑完滑梯之后贝拉想去骑木马。

“不要！”贝斯说。

但贝拉还是去骑木马了。

后来，贝斯玩得和贝拉一样开心。

贝斯想用沙子堆一座大城堡。

“不！”贝拉坚决地说。

爸爸用水桶扣出一个个沙子“蛋糕”，贝斯和贝拉则用塑料铲子一个个将它们拍扁。这个“吃蛋糕”的游戏真好玩！

爸爸看了看表，到了回家吃午饭的时间了。

“不！”贝斯大喊道，“不要回家！”
“不！”贝拉也喊道，“不要回家！”

爸爸已经很累了。

他说："我有个好主意。"

"什么好主意？"

贝斯和贝拉疑惑地看着爸爸。

10

爸爸说："不如我们回家做真的小蛋糕吃吧！"

"哇！"贝拉喊着。

"太好啦！"贝斯也喊着。

对呀！回家吃完饭还可以再来小公园玩。

图书在版编目（CIP）数据

贝斯和贝拉系列．贝斯和贝拉爱刷牙 /（瑞典）蒙斯・哥顿著；（瑞典）阿曼达・埃里克松绘；百舜译．—济南：山东科学技术出版社，2020.1(2020.12重印)
ISBN 978-7-5331-9787-2

Ⅰ．①贝…　Ⅱ．①蒙…　②阿…　③百…　Ⅲ．①儿童故事—图画故事—瑞典—现代　Ⅳ．① I532.85

中国版本图书馆 CIP 数据核字（2019）第 050827 号

贝斯和贝拉爱刷牙
BEISI HE BEILA AI SHUAYA

责任编辑：董小眉　潘　菲
封面设计：孙非羽

主管单位：山东出版传媒股份有限公司
出 版 者：山东科学技术出版社
地址：济南市市中区英雄山路 189 号
邮编：250002　电话：（0531）82098088
网址：www.lkj.com.cn
电子邮件：sdkj@sdcbcm.com
发 行 者：山东科学技术出版社
地址：济南市市中区英雄山路 189 号
邮编：250002　电话：（0531）82098071
印 刷 者：湖北鑫光印务股份有限公司
地址：湖北省云梦经济开发区三湖大道13号
邮编：430070　电话：（0712）4084888

规格：24 开（195 mm × 195 mm）
印张：6.25　字数：125 千　印数：3001 ~ 6000
版次：2020 年 1 月第 1 版　2020 年 12月第 2 次印刷
定价：100.00 元（全五册）

贝斯和贝拉系列

儿童行为习惯教养绘本

贝斯和贝拉

爱刷牙

[瑞典] 蒙斯·哥顿 / 著
[瑞典] 阿曼达·埃里克松 / 绘
百 舜 / 译

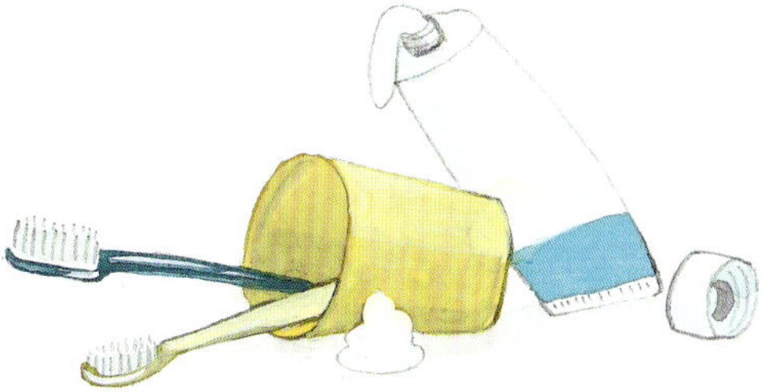

山东科学技术出版社

贝斯是个大孩子了。

对着镜子，他能看到自己长出了好多牙齿。

10

贝拉是贝斯的妹妹，她也开始长牙了，只不过无论怎么数，她的牙也没贝斯的多。

妈妈跑过来要帮贝斯刷牙，
可贝斯不肯张开嘴巴。

“我自己已经刷过了！”贝斯喊着。

他确实是自己刷过了，可仅仅刷了4秒他就把牙刷丢在了一边。

10

“你说话的时候我能看到你的牙齿还是脏的，”妈妈说，“我帮你轻轻刷一下它们就会干净很多。”

“不！”贝斯说完把嘴巴闭得更紧了。

“那我先去给贝拉刷牙了，我想她会乖许多。”妈妈叹了口气说。

可是妈妈想错了。贝拉也学着贝斯的样子，把上下嘴唇牢牢地贴在一起。

“你们想长蛀牙吗？”妈妈严厉地说，“不刷牙就会长蛀牙的！”

贝斯和贝拉说什么也不肯张嘴。这时，爸爸过来了。
爸爸说：“贝斯，你可以来帮我刷牙。”

爸爸张大嘴巴，贝斯和贝拉凑过去看着爸爸的牙齿。

“爸爸，你的牙齿好脏，”贝斯惊讶地说，“牙齿上还有些奇怪的东西。”

“那是牙医给爸爸治疗过的蛀牙洞。”妈妈说。

“爸爸也曾经不爱刷牙吗？”贝斯好奇地问。

这时，贝拉像爸爸一样主动张大了嘴巴，
妈妈终于能帮她刷牙了。

10

随后，贝斯也主动张大嘴，妈妈帮他把牙刷得又白又亮。贝斯很喜欢刷完牙后口气清新的感觉。

10

爸爸也在一边自己刷牙。

贝斯问："爸爸现在会自己刷牙了吗？"

"是啊，"妈妈说，"可是他还是经常刷得不够仔细。"

现在是晚上，贝斯打了个哈欠，他感觉困了。接着贝拉也打了个哈欠。

爸爸和妈妈有一张属于他们的大床，在上面看书很舒服。

10

贝斯当然也有自己的床，他最喜欢在上面跳来跳去。

贝拉也刚刚有了自己的床，是一张带围栏的婴儿床。

妈妈拆掉了婴儿床的两根栏杆，这样围栏上就留出了一个小洞，贝拉可以自己上下床。

10

10

刷完牙，贝斯和贝拉就要去睡觉了。

可是，儿童房里有点黑，
他们怎么也睡不着。

贝拉轻松地从围栏上的小洞里溜下了床。

她跑进了爸爸妈妈的房间。

躺在妈妈和爸爸中间就可以安心地睡着了！

现在儿童房里只剩贝斯一个人了，他觉得有点孤单。

他也跑到了爸爸妈妈的房间。

睡在妈妈爸爸的床上就不会觉得孤单了，
躺在妈妈和爸爸中间是最幸福的。

10

妈妈和爸爸都被挤到了床边，这感觉可不怎么舒服。

贝斯和贝拉做梦的时候，简直是横在床上睡。

第二天早上，大床上只剩下贝斯和贝拉两个人了。

原来，妈妈睡在了贝拉的床上。

多亏妈妈在栏杆上留了个洞，要不然她还躺不进去呢！

爸爸睡在了贝斯的床上。

他睡得很香，可是看起来他睡得太累了，因为那张床对他来说太小了！

明天晚上就不会这样了，因为贝斯和贝拉都已经决定回到自己的床上睡。

图书在版编目（CIP）数据

贝斯和贝拉系列．贝斯和贝拉的晚餐 /（瑞典）蒙斯·哥顿著；（瑞典）阿曼达·埃里克松绘；百舜译．—济南：山东科学技术出版社，2020.1（2020.12 重印）
ISBN 978-7-5331-9787-2

Ⅰ．①贝… Ⅱ．①蒙… ②阿… ③百… Ⅲ．①儿童故事—图画故事—瑞典—现代 Ⅳ．① I532.85

中国版本图书馆 CIP 数据核字（2019）第 050825 号

贝斯和贝拉的晚餐
BEISI HE BEILA DE WANCAN

责任编辑：董小眉　潘　菲
封面设计：孙非羽

主管单位：山东出版传媒股份有限公司
出 版 者：山东科学技术出版社
地址：济南市市中区英雄山路 189 号
邮编：250002　电话：（0531）82098088
网址：www.lkj.com.cn
电子邮件：sdkj@sdcbcm.com
发 行 者：山东科学技术出版社
地址：济南市市中区英雄山路 189 号
邮编：250002　电话：（0531）82098071
印 刷 者：湖北鑫光印务股份有限公司
地址：湖北省云梦经济开发区三湖大道13号
邮编：430070　电话：（0712）4084888

规格：24 开（195 mm × 195 mm）
印张：6.25　字数：125 千　印数：3001 ~ 6000
版次：2020 年 1 月第 1 版　2020 年 12月第 2 次印刷
定价：100.00 元（全五册）

贝斯和贝拉系列

儿童行为习惯教养绘本

贝斯和贝拉的晚餐

[瑞典] 蒙斯·哥顿 / 著
[瑞典] 阿曼达·埃里克松 / 绘
百 舜 / 译

山东科学技术出版社

要吃晚饭了。

今天吃肉丸和意大利面。

“我不饿。”贝拉说。

贝斯也不想吃，他冲着晚饭吐了吐舌头，把饭推到了一边。

“你们不是爱吃肉丸和意大利面吗？”妈妈说。

贝斯和贝拉都摇了摇头。

“好吧，”爸爸叹了口气说，“那就加点番茄酱。”

“不行！”妈妈说，“不要什么饭里都放番茄酱。”

可爸爸还是拿起番茄酱瓶子捏了起来，瓶子发出了像放屁一样的噗噗声。

贝斯和贝拉咯咯地笑起来，不过他们还是一口都没吃。

果酱

“要不然，来点越橘果酱？”爸爸又说道。

“只有你才那么吃。”妈妈表示反对，但爸爸还是放了几大勺越橘果酱进去。贝斯和贝拉还是不吃。

“我想看电视吃饭。”贝拉说。

“在吃饭的时候不能看电视哦。”爸爸表示反对，可是妈妈妥协了。

于是，贝斯和贝拉坐在了电视机前用晚餐。

贝斯和贝拉一边看着电视节目咯咯地笑，一边端着饭，盘子里的食物差点儿扣在沙发上。

电视节目都播完了，贝斯和贝拉的饭还没动。
“我想吃冰淇淋。”贝拉说。

爸爸坚定地说："不可以！"

妈妈走向冰箱。

“我要疯了！”她喊道。

“只有你们才会这样吃！”

妈妈往贝斯和贝拉的盘子里倒满了冰淇淋。

贝斯和贝拉惊讶地看着她。

“妈妈，冰淇淋不能倒在肉丸上呀！”贝拉说。

“那你们就别吃了，无论有多饿也不许吃！”爸爸说。

后来，贝斯和贝拉从电视机前悄悄溜走了。

他们到哪里去了？

妈妈在厨房里找到了贝斯和贝拉，他们正在津津有味地吃肉丸和意大利面。贝斯吃着爸爸的饭，贝拉吃着妈妈的饭。

“太好吃啦！”贝斯说。

“真棒！”妈妈说，“但是我和爸爸吃什么呢？”

贝斯跑过去，把留在电视机旁边的盘子拿了过来。

爸爸和妈妈看着面前的盘子：肉丸，意大利面，一大堆番茄酱和越橘酱，上面还有一层冰淇淋。